L'HISTOIRE

DE

NOTRE TEMPS

Racontée par JACQUES SINCÈRE

A SES AMIS DES CAMPAGNES

Prix : 10 centimes

(Franco par la poste)

PRIX DE PROPAGANDE

50 exemplaires...................	Fr.	4 50
100 —		7 50
1000 —	60	»

(Port à la charge du destinataire)

Adresser les commandes à M. G. FISCHBACHER
33, rue de Seine, à Paris

PARIS

33, RUE DE SEINE, 33

1877

LES 363 SONT-ILS DES RADICAUX ?

UN MOT SUR LA POLITIQUE

Par Jean-Pierre GIRAUD

CULTIVATEUR ET ANCIEN FOURRIER

Prix : 10 centimes (franco par la poste)

QU'ARRIVERA-T-IL APRÈS LES ÉLECTIONS ?

ENCORE UN MOT SUR LA POLITIQUE

Par Jean-Pierre GIRAUD

CULTIVATEUR ET ANCIEN FOURRIER

Prix : 10 centimes (franco par la poste)

ON PEUT SE PROCURER

L'UNE OU L'AUTRE

DES BROCHURES DE JEAN-PIERRE GIRAUD

AUX PRIX SUIVANTS (PORT EN SUS)

5 francs les 100 exemplaires
40 — les 1,000 —

S'adresser directement à M. FISCHBACHER
33, rue de Seine, à Paris.

L'HISTOIRE

DE

NOTRE TEMPS

Racontée par JACQUES SINCÈRE

A SES AMIS DES CAMPAGNES

Il y en a encore parmi vous beaucoup qui s'en souviennent : lorsque la République de 1848 nous a donné le suffrage universel et l'égalité politique, nous n'étions pas aussi instruits qu'aujourd'hui. Maintenant qu'il y a presque partout des chemins de fer et que le service militaire est obligatoire pour tout le monde, on voyage, on va souvent à la ville, on lit des journaux, on entend causer les uns et les autres, et on apprend beaucoup de choses, tandis que de notre temps beaucoup n'étaient jamais sortis de leur commune.

Cela vous explique comment on a pu facilement tromper nos anciens et leur faire croire que les républicains étaient des partageux, des buveurs de sang, etc. Des bêtises, auxquelles personne ne croit plus maintenant! Si bien que, lorsque le neveu de

Napoléon, qui était Président de la République, à laquelle il avait juré respect et fidélité, proposa de se faire empereur pour sauver, comme il disait, la société et les droits du peuple, presque tous dans les campagnes votèrent pour lui. Pourtant on avait un peu hésité! Les vieux soldats nous avaient souvent parlé de Napoléon, de ses campagnes et de ses victoires; il y en avait, surtout parmi les jeunes, qui étaient enthousiasmés; mais ceux qui étaient sages nous disaient : « Que la gloire militaire ne profite qu'aux princes, et que c'est le peuple qui paye et qui reçoit les mauvais coups; que le grand Napoléon avait fait tuer trois millions d'hommes, qu'il avait dépeuplé les campagnes et mis toutes les familles en deuil, pour laisser en définitive la France envahie par les Prussiens et par les Cosaques, et plus petite de beaucoup qu'elle ne l'était sous la première République.» On comprenait que c'était vrai, et l'on craignait que le neveu de Napoléon ne voulût faire la guerre comme son oncle. Pour nous rassurer, il dit : « L'empire, c'est la paix. » Alors on vota pour lui. Ah! mes amis, comme nous avons été trompés!

Aussitôt empereur, Napoléon III déclara la guerre à la Russie pour faire plaisir à l'Angleterre. L'expédition de Crimée nous a coûté près de trois cent mille hommes et plus d'un milliard. Cela ne nous a pas rapporté autre chose que de nous brouiller avec la Russie, qui pouvait nous rendre des services, et qui est trop loin de nous pour nous inquiéter. Quant à l'Angleterre, pour qui nous avions tiré les marrons du feu, elle n'a rien voulu faire pour nous en 1870. Après cela, on a fait l'expédition d'Italie, soi-disant pour affaiblir l'Autriche, qui pourtant n'était pas bien dangereuse, et pour faire l'unité italienne. On a affaibli l'Autriche, c'est vrai, ce qui a permis à la Prusse de s'agrandir et de devenir une puissance de premier ordre; mais on n'a pas tenu les promesses faites à l'Italie. Bien plus, pour l'empêcher d'aller à Rome qui était sa capitale nécessaire, on a envoyé le général de Failly avec une armée qui a essayé les chassepots sur les Italiens; si bien que l'Italie, qui devait être notre alliée naturelle, s'est éloignée de nous, et que, pour avoir Venise en 1866 et Rome en 1870, elle s'est alliée avec la Prusse?

Voilà, ma foi, de belle politique!

Mais ce n'est pas tout. On a encore fait l'expédition de Syrie et celle de Chine, toujours pour faire plaisir à l'Angleterre.

Enfin, on est allé au Mexique. C'est la

cause de tous nos malheurs. Pourquoi faisait-on l'expédition du Mexique qui a si fort mécontenté les Américains, nos plus fidèles amis ? Parce que des grands seigneurs de la cour avaient acheté à vil prix des créances sur le gouvernement mexicain, et qu'ils voulaient en toucher le montant intégralement, ce qui n'était possible qu'en s'emparant du pays et en percevant les impôts. Voilà ce qu'on a osé nommer : « La grande pensée du règne. » Maintenant, voici les résultats. On a perdu là plus de cent mille hommes, et comme il fallait énormément d'argent et qu'on n'osait pas en demander aux députés, on a fait des virements, c'est-à-dire qu'on a employé à cette guerre l'argent destiné à l'entretien de l'armée et de son matériel, ainsi qu'à la fabrication des nouveaux canons, des chassepots et des cartouches.

— Vous comprenez les conséquences : ce qui nous restait de matériel de guerre, transporté par mer dans un pays lointain, était promptement hors de service, et, faute d'argent, on ne le renouvelait pas en France, de sorte qu'au bout de peu de temps nous n'avions plus rien du tout.

Aussi, lorsqu'est arrivée la victoire de Sadowa, en 1866, l'empereur, n'ayant pour ainsi dire plus d'armée, n'a rien osé dire, et il a été forcé de laisser la Prusse s'agrandir démesurément...

Vous croyez peut-être qu'après cela on a essayé de réparer les fautes commises et de reconstituer l'armée de façon à se garantir de la Prusse? Pas du tout; on a bien demandé aux députés 420 millions pour faire des canons et des fusils, mais on n'a rien fait. L'argent a passé je ne sais où. On disait tous les ans au pays que tout était pour le mieux, que la France était prête; mais au fond on n'avait rien, et en 1870, quand on a voté le plébiscite, il n'y avait que 249,492 hommes quand les Prussiens en avaient 1,200,000; les arsenaux étaient vides et les places fortes hors d'état de résister. La France ne savait pas cela, mais elle comprenait le danger d'instinct; elle ne voulait plus de guerre. Alors on la trompa encore une fois. On lui dit : « Le plébiscite, c'est la paix. » Elle le vota, et donna ainsi sans s'en douter des pleins pouvoirs à l'empereur pour faire la guerre. Car la guerre alors était décidée; on n'attendait plus que le prétexte. Pourquoi? Parce qu'après les élections de 1869 on avait été obligé de faire une constitution libérale, parce que les députés voulaient mettre l'ordre dans les finances, parce qu'on allait découvrir toutes les gabegies, parce que le pays se fût indigné en apprenant qu'on avait dilapidé son argent, et qu'il n'y avait qu'un moyen d'empêcher tout cela, c'était de remporter une victoire et à la suite de faire un coup d'État et de revenir au régime de 1852.

Il y en a, mes amis, qui ont essayé de vous faire croire que l'empereur n'était pas coupable et qu'il avait été trahi. Cela n'est pas vrai; il n'y a qu'un traître, c'est Bazaine, et c'est la France et la République qu'il a trahies, car, à ce moment-là, il n'y avait plus ni empire ni empereur. Vous vous rappelez que les bonapartistes l'ont défendu dans son procès; et savez-vous pourquoi? C'est d'abord parce qu'il avait reçu l'ordre de rester à Metz, et qu'ensuite il avait négocié avec les Prussiens pour la restauration de l'empire avec une régence, et qu'il espérait être le régent.

Mais, croyez-le bien, l'empereur savait qu'il n'était pas prêt, et qu'il avait des forces insuffisantes pour lutter contre les Prussiens, et, dans tous les cas, il devait le savoir, puisqu'il était responsable. Oui, il le savait; mais, comme un joueur qui risque son dernier argent sur une seule carte, il a voulu jouer le tout pour le tout; seulement, c'est nous qui payons.

Et puis voyez-vous, mes amis, il y a encore quelque chose de plus triste que la déclaration de la guerre, c'est la manière dont elle a été conduite. Après la défaite de Reichshoffen, il y avait encore de la ressource. Si l'on eût fait revenir à Châlons les 170,000 hommes de Bazaine pour les joindre aux 120,000 hommes de Mac-Mahon, on aurait eu encore une belle armée pour défendre Paris, et peut-être pour repousser l'invasion. Mais l'empereur n'a pas voulu. Il a avoué lui-même qu'il ne voulait pas revenir à Paris et qu'il craignait qu'un mouvement rétrograde de l'armée ne fût le signal d'une révolution ; et, dans l'espoir de sauver sa couronne, il a ordonné à Bazaine de rester à Metz et à Mac-Mahon d'aller à Sedan. Tous les documents officiels, toutes les enquêtes démontrent la vérité de ce que je dis. Oui, jusqu'au dernier moment, l'empereur a sacrifié la France à son intérêt personnel.

Tout le monde comprenait cela au 4 septembre.

Quand l'empire est tombé sous le mépris public, est-ce qu'il s'est trouvé quelqu'un pour le défendre? Non, il n'y avait plus alors un seul bonapartiste en France ; j'en appelle aux souvenirs de tous.

Et qu'après tout cela il y ait encore des

bonapartistes, voilà qui me passe ! Ceux-là disent : « C'est vrai, l'empereur a eu bien des torts, mais enfin on faisait bien ses affaires sous l'empire. » Voyons, franchement, est-ce que vous ne les faites pas aussi bien aujourd'hui ? Est-ce que les denrées ne se vendent pas plus cher ? Oui, n'est-ce pas ? Eh bien, alors ! Tenez, voulez-vous que je vous dise : Ce ne sont pas les gouvernements qui sont cause si les récoltes sont bonnes ou mauvaises, c'est le temps qu'il fait ; ce ne sont pas les gouvernements qui font que les denrées et les bestiaux se vendent de mieux en mieux, ce sont les progrès de l'agriculture et les chemins de fer, et ce n'est pas Napoléon qui les a inventés. Par exemple, si les impôts sont doublés, c'est la faute de l'empire. Le budget était, en 1848, de 1 milliard 300 millions, et après la guerre de 2 milliards 600 millions. Est-ce que vous vous imaginez que si l'empire revenait, il pourrait diminuer les impôts ? Il y aurait des chances, au contraire, pour les voir augmenter.

Mais revenons aux faits. Après Sedan, l'empereur avait rendu son épée sans s'en être servi ; le prince impérial avait filé en Belgique ; l'impératrice, M. Rouher, les ministres étaient partis ; les préfets avaient presque tous abandonné leur poste ; les députés officiels, après avoir perdu vingt-quatre heures en discussions inutiles, s'étaient séparés sans rien faire. Il n'y avait plus de gouvernement, et l'ennemi marchait sur Paris. C'est alors que les députés de la gauche, qui s'étaient opposés au plébiscite et à la guerre, organisèrent le gouvernement de la Défense nationale.

On le leur a souvent reproché. Y a-t-il rien de plus injuste ? Mais, puisque l'empire était tombé, il fallait bien mettre quelque chose à la place ! Est-ce que vous croyez que c'était agréable d'avoir le pouvoir dans ces moments-là ? Oh ! non, et la preuve, c'est que tous ceux qui ont tant crié depuis, se sont bien gardés d'offrir leurs services. Ils aimaient mieux se réserver pour le temps où il n'y aurait plus de danger, et attendre, comme M. Thiers le leur a dit plus tard, que la situation fût à la hauteur de leur courage et de leurs capacités. Ah ! il est bien facile de critiquer quand les choses sont faites ! Mais souvenez-vous : au 4 septembre, il n'y avait plus ni armée, ni argent, ni matériel ; il fallait tout organiser et lutter contre un million de Prussiens. Eh bien ! à l'étonnement du monde entier, on a lutté pendant cinq mois, et sans la trahison de Bazaine, on aurait peut-être eu la victoire. Si le prince Frédéric-Charles avait été retenu seulement quinze jours de plus devant Metz, l'armée d'Orléans délivrait Paris ! Et si on n'a pas eu la victoire, on a sauvé l'honneur ! La France se rendant après deux défaites et six semaines de campagne était un pays fini ; la France résistant avec rien pendant cinq mois est restée la grande nation ; et elle a fait l'admiration de l'étranger, et personne aujourd'hui n'oserait l'attaquer. Ce n'est donc rien cela ?

On a dit : il fallait traiter après Sedan ; cela aurait coûté moins cher. Il est encore facile de dire cela après coup. Mais j'en appelle à tout le monde : Qui donc voulait se rendre alors ? Tous voulaient se battre et sauver le pays ; ce sera notre éternel honneur ! Et puis, tout le prouve, les Prussiens voulaient l'Alsace, la Lorraine et beaucoup d'argent ; leurs prétentions n'ont jamais varié ; et, après Sedan, ils étaient plus victorieux que cinq mois après, et ils auraient été aussi exigeants ; la preuve, c'est qu'ils ont refusé la paix quand M. Jules Favre l'a demandée à Ferrières, et l'armistice quand M. Thiers le négociait deux mois après !

Nous comprenions cela en 1871 ; oui, nous comprenions que la République, qui est toujours la grande ressource du pays quand il est dans le malheur, avait fait un mauvais héritage ; qu'elle avait fait tout ce qui était humainement possible pour nous sauver, et que c'était l'empire seul qui était responsable de nos désastres, comme l'Assemblée nationale l'a proclamé peu de temps après.

Aussi, aux élections du 8 février, nous ne voulions pas voter contre la République. Si nous avons nommé des royalistes, c'est sans nous en douter, et, parce que pendant toute la durée de l'empire, ils nous avaient trompés en se disant libéraux, et parce que presque tous avaient fait des professions de foi républicaines. Ah ! nous avons payé cher cette erreur !

Dès que l'Assemblée a été réunie, il est devenu clair pour tout le monde qu'elle voulait rétablir la monarchie. Seulement, elle attendait que la paix fût faite et les Prussiens payés, afin de mettre la mutilation du territoire et les impôts sur le dos de la République. Les princes d'Orléans restaient prudemment à l'écart ; mais ils se faisaient donner des places et rendre 40 millions !

Cette attitude de l'Assemblée nationale a été une des causes de la Commune. On ne sait pas encore bien la vérité sur cette exécrable insurrection, mais il est certain qu'on y trouve trois espèces de gens. Les égarés, qui étaient convaincus que le drapeau blanc flottait à Versailles et qui croyaient défendre la République ; c'étaient de beaucoup les plus nombreux ; les coquins, comme il y en a malheureusement dans toutes les grandes villes, et qui cherchent à pêcher en eau trouble ; enfin, les meneurs, dont la plupart sont restés inconnus. Supposez une Assemblée républicaine, les égarés auraient pris parti pour elle, et la Commune n'aurait pas réussi.

Mais ce que tout le monde a remarqué, c'est qu'on n'a brûlé que les établissements de finances ; oui, on a brûlé le ministère des finances et on n'a pas touché aux autres, on a brûlé la Cour des comptes, où étaient toutes les pièces comptables ; on a brûlé la Caisse des consignations, où était la caisse de dotation de l'armée, et on n'a pas touché au ministère de l'instruction publique, qui est par derrière ; on a brûlé les Tuileries, où étaient tous les papiers secrets de l'empire, et l'on n'a pas touché au Louvre, qui est à côté.

Il faut convenir que le hasard a joliment favorisé les bonapartistes ; car, après les incendies, il était impossible de vérifier leurs comptes.

Maintenant, ce que j'ai à vous dire, vous le savez aussi bien que moi. Tant qu'il y a eu des Prussiens en France, on n'a osé toucher ni à la République, ni à M. Thiers, dont on avait besoin pour libérer le territoire. Mais, dès que le dernier Prussien a été parti, on a fait le 24 mai.

On a dit que M. Thiers était un radical! la bonne plaisanterie! Non, M. Thiers avait dit qu'il fallait se décider à faire une Constitution républicaine, et cela ne faisait pas l'affaire des royalistes. Oh! nous savons bien qu'en faisant le 24 mai, ils ont juré leurs grands dieux qu'on ne toucherait pas à la République; mais aussitôt les princes d'Orléans sont allés faire leur soumission à Henri V, et il ne s'en est guère fallu que nous ayons la royauté légitime et tout ce qui s'ensuit.

Puis, cette tentative ayant échoué, on a inventé le septennat. C'est-à-dire que les royalistes ont dit : Ah! la France ne veut pas de nous; eh bien! elle n'aura pas de gouvernement définitif; on conservera le nom de la République parce qu'on ne peut pas en trouver d'autre; on nommera le maréchal pour sept ans, pour que, pendant ce temps-là, personne ne puisse arriver; nous nous disputerons tous le pouvoir pendant ces sept ans-là, et puis quand ils seront finis nous nous battrons pour savoir qui l'aura.

Nous avons tout de suite compris qu'avec ce beau système-là nous n'aurions pas un instant de tranquillité pendant sept ans, et que nous aurions une révolution après. Ça n'allait à personne. Aussi, dans toutes les élections, les uns ont dit : « Il faut faire la République définitive, » les autres : « Il faut ramener l'empire; » tout le monde a dit : « Nous avons assez du provisoire; ça fait peut-être vos affaires, mais ça ne fait les nôtres; nous nous moquons pas mal de vos ambitions, de vos princes, etc.; nous, il nous faut de la stabilité pour pouvoir travailler tranquillement, et nous ne voulons pas être sacrifiés à l'espérance que vous avez de faire dans sept ans ce que vous ne pouvez pas faire aujourd'hui. »

Du reste, ça ne marchait pas du tout cette belle invention-là! Les royalistes et les bonapartistes, qui étaient au pouvoir, étaient jaloux et se méfiaient les uns des autres. Ils s'attaquaient, se disaient des injures, renversaient eux-mêmes leurs ministres, si bien qu'au bout d'un an on était tombé dans le gâchis.

Alors les orléanistes comprirent enfin que tout cela ne pouvait profiter qu'à l'empire, qui, s'il revenait, les enverrait en exil, et ils dirent aux républicains : Nous consentons à faire la République définitive, mais à la condition que vous accepterez une Constitution comme nous l'entendons, et surtout que le Sénat ne sera pas nommé par le suffrage universel.

Les républicains comprenaient bien que ces Conditions étaient dangereuses ; mais une constitution, même défectueuse, valait mieux que rien du tout, et leur patriotisme leur conseillait de donner au pays, même au prix de sacrifices pénibles, le gouvernement définitif qui lui était nécessaire.

La Constitution fut donc votée, et nous en avons été satisfaits ; et certes nous serions bien tranquilles depuis longtemps, si elle avait été appliquée comme elle aurait dû l'être.

Malheureusement l'Assemblée, qui aurait dû s'en aller aussitôt après, resta pendant encore un an. Les orléanistes, au lieu de rester unis aux républicains pour appliquer la Constitution qu'ils avaient faite ensemble, s'empressèrent de s'allier de nouveau à la droite contre les républicains ; si bien que ceux-ci n'eurent plus la majorité, et que les adversaires de la Constitution eurent encore le pouvoir.

Voyant cela, nous n'avons pas été contents; mais nous nous sommes dit : Nous n'y pouvons rien, ni les républicains non plus; mais attendons les élections; nous ferons bien voir alors ce que nous voulons. Et nous avons nommé partout des républicains. Nous pensions qu'après cela il n'y aurait plus de difficultés. Ah! bien oui, nous avions compté sans les royalistes, les bonapartistes, les cléricaux et le Sénat.

Après les élections, il a bien fallu prendre un ministère républicain et changer quelques préfets. Mais nous n'avons pas tardé à voir que ça ne marchait pas encore comme il fallait. Il y avait du tirage. Nous autres, dans les campagnes, nous ne nous occupons pas beaucoup des ministres; ce qui nous inquiète, c'est d'avoir des sous-préfets, des juges de paix, des percepteurs et des gendarmes, amis du gouvernement qu'ils servent, justes pour tout le monde, et ne prenant surtout pas parti pour la minorité contre la majorité.

Eh bien! vous le savez, cela on ne pouvait pas l'obtenir; si bien qu'on en était arrivé à accuser les députés républicains; on trouvait qu'ils n'avaient pas assez de poigne et qu'ils ne protégeaient pas assez les amis du gouvernement. Depuis ce temps-là, nous avons appris bien des choses ; nous avons su que ce n'était ni la bonne volonté ni le courage qui leur manquaient, mais qu'il y avait auprès du maréchal un ministère occulte qui était tout-puissant, tandis que les vrais ministres ne pouvaient rien obtenir et étaient contrecarrés dans tout ce qu'ils faisaient.

La dissolution était décidée depuis longtemps ; depuis plus d'un an il en était question, et au mois de décembre on n'en avait pas été loin. Nous nous rappelons qu'à Pâques, quand nos sénateurs et nos députés sont venus pour le Conseil général, ils nous ont dit : « Nous allons voter une partie du budget et nous prendrons des vacances le plus tôt possible, c'est le seul moyen d'éviter la crise, car on ne veut pas que les ministres actuels président aux élections des conseils généraux et d'arrondissement qui doivent avoir lieu au mois de juillet, et à celle des conseils municipaux qui doit avoir lieu en octobre ; voici pourquoi : 58 sénateurs de la droite sont soumis à la réélection en 1879 ; et comme ils doivent être nommés par les conseillers généraux et d'arrondissement et par les délégués des conseils municipaux, ils savent qu'ils ne seront pas réélus, si, comme tout le fait prévoir, les élections départementales et communales sont républicaines. D'un autre côté, on prévoit qu'en 1879 la majorité du Sénat sera républicaine et qu'alors la République sera définitivement établie, et on veut empêcher cela à tout prix. »

Malheureusement les intentions des républicains ont été connues ; et les évêques ont lancé leurs mandements en faveur du pouvoir temporel du pape. Cela pouvait nous brouiller avec l'Italie et avec l'Allemagne. Par patriotisme, la Chambre a cru devoir voter l'ordre du jour qui témoignait de son désir de conserver la paix et sa volonté de réprimer les manifestations cléricales.

C'est cet ordre du jour, si nécessaire que le maréchal et ses ministres ont été obligés de le reproduire plusieurs fois depuis, qui a décidé la dissolution de la Chambre.

Ce qu'on veut au fond, nous ne le voyons pas bien. Ce qu'il y a de plus clair, c'est que le maréchal a repris pour ministres les hommes qui avaient essayé, après le 24 mai, de ramener Henri V, et qui, en 1875, ont voté contre la Constitution ; c'est qu'on destitue tous les fonctionnaires et tous les maires républicains.

On nous dit qu'on ne veut toucher ni à la République, ni à la Constitution. Mais alors qu'est-ce qu'on veut ? Les partisans du maréchal nous disent qu'il faut recommencer, comme après le 24 mai, à être ballotté entre les bonapartistes, les légitimistes et les orléanistes ; que cela durera trois ans et demi, et qu'en 1880 on fera un gouvernement définitif, si c'est possible. Nous ne voulons pas recommencer ce jeu-là ; nous avons un gouvernement définitif, et nous ne voyons pas pourquoi nous irions le changer pour une chose que nous ne connaissons pas, et qu'on n'ose pas nous dire. Du reste, vous n'avez qu'à lire les journaux, vous verrez que les uns disent : Il faut Henri V ; les autres : Il faut Napoléon IV ; il y en a même qui disent : Il faut un coup d'Etat. Et on les laisse dire.

Tout cela, mes amis, ne fait pas nos affaires. Nous avons une Constitution qui nous plaît, gardons-la. Nous avons un gouvernement définitif, ne recommençons pas le provisoire. Nos députés avaient notre confiance, renommons-les avec des majorités plus fortes qu'en 1876.

Le suffrage universel est le maître, on ne peut rien contre lui ; et, quand il aura parlé haut, il faudra bien qu'on lui obéisse.

Les Hommes du second Empire, silhouettes contemporaines, par E.-C. GRENVILLE MURRAY, ouvrage traduit de l'anglais, par *Auguste Dapples.*

> L'Homme du Deux-Décembre. — Le Sénateur impérial. — Le Prélat. — Le Prêtre parisien. — Le Prêtre campagnard. — Le Député impérialiste. — Le Député de l'opposition. — Le Député du tiers-parti. — Le Ministre qui parle. — Le Ministre qui agit. — Le Préfet. — Le Maire rural. — Le Juge de paix. — Le Magistrat. — L'Avocat. — Le Maréchal d'armée. — Le simple Soldat. — Le Dramaturge. — Le Romancier. — Le Journaliste. — 1 vol. in-18 jésus, ... 3 fr. 50.

Les Hommes de la troisième République, *par le même,* ouvrage traduit de l'anglais, par *Henri Testard.*

> PREMIÈRE SÉRIE : A. Thiers. — Barthélemy-Saint-Hilaire. — Dufaure. — Jules Simon. — Pothuau. — Mac-Mahon. — Faidherbe. — E. Picard. — Grévy. — Gambetta. — Louis Blanc. — Victor Hugo. — Henri Rochefort. — 1 vol. in-18 jésus............................... 3 fr. 50.

> SECONDE SÉRIE : Casimir Périer. — Duc de Broglie. — Duc d'Audiffret-Pasquier. — Duc d'Aumale. — Dupanloup. — Rouher. — Emile de Girardin. — Alexandre Dumas. — Edmond About. — Erckmann-Chatrian. — Victorien Sardou. — Louis Veuillot. — Père Hyacinthe. — Beulé. — Paul de Cassagnac. — 1 volume in-18 jésus.................................... 3 fr. 50.

Les Hommes du Septennat, *par le même,* traduit de l'anglais, par *Henri Testard.*

> Magne. — Général de Chabaud-Latour. — Grivart — De Fourtou. — Général de Ladmirault. — Buffet. — Duc Decazes. — De Goulard. — Caillaux. — Général de Cissey. — Edouard Hervé. — Vicomte de Cumont. — Léon Renault. — Tailhand. — De Montaignac. — 1 vol. in-18 jésus..................................... 3 fr. 50.

Le Fils d'un de ces hommes, scènes de la vie publique et de la vie privée sous l'Empire, par GABRIEL GUILLEMOT. — Deuxième édition. — 1 vol. in-18 jésus.... 3 fr. 50.

FALEYRAC. — Histoire d'une commune rurale, par JULES STEEG. — 1 vol. in-18 jésus................. 3 fr.

Un million comptant, roman, par MARIE CONSCIENCE. — 1 vol. in-18 jésus, ... 3 fr. 50.

Gaston Renaud, l'ouvrier, par PIERRE RAMBAUD. — 1 vol. in-18 jésus.................................. 3 fr.

Le Dégrossi, roman rural, par VICTOR LEFEBVRE. Deuxième
édition. — 1 vol. in-18 jésus.................. 3 fr. 50.

Histoire des Paysans, par EUGÈNE BONNEMÈRE. Deuxième
édition, entièrement refondue et considérablement augmentée.
— 2 vol. in-18 jésus...................... 7 fr.

Le Docteur au village, entretiens familiers sur la géo-
graphie industrielle de la France, par Mme HIPPOLYTE MEU-
NIER. Ouvrage orné de 35 gravures sur bois et de 14 cartes
coloriées. — Médaille de vermeil de la Société pour l'instruction élémentaire ; médaille d'argent de la Société protectrice
des animaux. — Un beau volume in-12 de 272 pages. —
Prix...................................... 2 fr.

> *La Géographie industrielle*, sous forme de causeries fami-
> lières, nous fait connaître la France sous tous ses as-
> pects, elle nous montre les richesses infinies que la na-
> ture y a placées, et celles que l'homme a créées par son
> travail...
>
> Quatorze cartes coloriées et tirées hors texte sur beau pa-
> pier, par Hansen, permettent de suivre chaque entre-
> tien et de bien se le fixer dans la mémoire ; l'auteur s'est
> attaché à faire un ouvrage clair, intéressant et à la por-
> tée de tout le monde. De nombreuses gravures dans le
> texte accompagnent la description de chaque objet, et
> rendent cet ouvrage aussi amusant qu'instructif. Quand
> on a lu ce livre, on ne doute plus de l'avenir ; il est im-
> possible que tant de ressources, tant de richesses et tant
> de travail, ne rendent pas à la France son rang dans le
> monde.
>
> Cet ouvrage étant destiné à l'instruction populaire, nous
> en avons fixé le prix à 2 fr.

Le Syllabus et l'Encyclique, *texte officiel avec quelques
notes*. Cinquième édition, augmentée du texte latin du Syllabus. — Brochure in-18..................... 1 fr.

Le cabinet du Gesù, par RENÉ MARAL. Deuxième édition.
— 1 vol. in-12............................. 1 fr. 50.

Tout acheteur de la brochure de JACQUES SINCÈRE
et des brochures de JEAN-PIERRE GIRAUD, a droit
à une remise de 10 0/0 sur le prix des ouvrages
annoncés ci-dessus. L'envoi est fait franc de port.
Adresser les commandes à MM. Sandoz et Fischbacher,
33, rue de Seine, à Paris.

PARIS. — IMP. NOUV. (ASSOC. OUV.), 14, RUE DES JEUNEURS
G. MASQUIN, DIRECTEUR

www.ingramcontent.com/pod-product-compliance
Ingram Content Group UK Ltd.
Pitfield, Milton Keynes, MK11 3LW, UK
UKHW020911140726
13695UKWH00006B/2457